LAS AVENTURAS DE BILLIE B. BROWN Y JACK

¡No te preocupes, Jack!

SALLY RIPPIN

Título original: *Hey Jack! The Worry Monsters / The Top Team*
© 2012 y 2013 Sally Rippin
Publicado por primera vez por Hardie Grant Egmont, Australia

© 2018 Grupo Editorial Bruño, S. L.
Juan Ignacio Luca de Tena, 15
28027 Madrid
www.brunolibros.es

Dirección Editorial: Isabel Carril
Coordinación Editorial: Begoña Lozano
Traducción: Pablo Álvarez
Edición: María José Guitián
Ilustración: O'Kif
Preimpresión: Peipe
Diseño de cubierta: Miguel A. Parreño (MAPO DISEÑO)
ISBN: 978-84-696-2402-9
D. legal: M-8506-2018
Printed in Spain

LAS AVENTURAS DE BILLIE B. BROWN Y JACK

MONSTRUOS DE COLORES

CaPÍTULO 1

Este es Jack, el mejor amigo
de Billie B. Brown.

Hoy Jack está preocupado
porque la próxima semana
tiene un examen de ortografía.

A Jack se le dan bastante
bien las matemáticas
y muy bien la plástica, pero
se le da fatal la ortografía.

No entiende por qué «a»,
«ah» y «ha» se escriben
de forma diferente
si se pronuncian igual.

¡La ortografía no tiene ningún sentido!

Jack debe aprender cómo se escriben veinticuatro palabras y no le apetece nada.

Fuera brilla el sol y el cachorrillo de Jack, *Baku*, quiere salir a jugar. Jack mete en lo más profundo de su mochila la lista de palabras.

Ya se preocupará más adelante del examen de ortografía.

Jack y *Baku* salen al jardín trasero y se ponen a jugar. Jack le lanza a su perrito palos y pelotas y *Baku* corre a toda velocidad. Los dos RÍEN, ladran y se revuelcan por la hierba.

Enseguida se hace
la hora de meterse
en casa y cenar.

La madre de Jack ha cocinado
su plato favorito: ¡espaguetis
a la carbonara! Le sirve
a Jack un plato bien
lleno y le pregunta:

—¿Te han puesto
alguna tarea en
el colegio, cielo?

Jack recuerda
la lista de palabras que
ha metido en el fondo
de la mochila. La tripa
se le ENCOGE y mira
su plato, CABIZBAJO.

—Pues… no —contesta,
aunque sabe que
debería decir
la verdad.

Jack no quiere saber nada
de su examen de ortografía.
Si se pone a pensar en él,
le entra DOLOR DE tRiPa.
Intenta acabarse la cena, pero
la pasta ya no le sabe bien.

Poco después, Jack sube a
su habitación y se tumba en

la cama. Se pone a pensar otra vez en el examen y… ¿te imaginas lo que le pasa?

Pues que pronto sus preocupaciones se convierten en unos MONSTRUOS de colores grandes y espantosos que LE REGAÑAN y le susurran COSAS TERRIBLES.

Esa noche, cuando Jack por fin se acuesta, no puede dormir. Da vueltas en la cama y al cabo de un rato enciende la luz. Se levanta y busca su mochila.

La lista de palabras sigue en el fondo, HECHA UNA bOLA.

Entonces Jack ve el cómic que se ha traído de la biblioteca del colegio y se lo lleva a la cama.

Todavía falta una semana enterita para el examen. YA SE PREOCUPARÁ mañana.

CAPÍTULO 2

A Jack se le pasa la semana
volando. En el colegio estudia
y juega al fútbol con Billie.
Y después de clase juega
con *Baku*.

El fin de semana, Billie y él
construyen en su habitación
un enorme barco pirata con
cajas de cartón, una escoba y
una sábana vieja. ¡Hasta tienen
espadas de madera! Billie
y Jack se lo pasan fenomenal.
Qué pena que el lunes haya
que volver al cole…

La noche del domingo,
Jack prepara sus cosas para
el colegio. Coge la mochila
y, en el fondo, ve una bola
de papel.

¡Oh, no! ¡El examen
de ortografía! Jack
ha olvidado
estudiar las palabras
de la lista.
¡Y el examen es
al día siguiente!

Jack siente que la tripa
se le encoge de la
PREOCUPACIÓN.

Saca el papel del examen
y le echa un vistazo. ¡Uf, hay
demasiadas palabras con
trampa! Jack sabe que todas
le van a salir mal. Devuelve
la lista a la mochila y se va
cabizbajo a la cama.

Esa noche sueña que los
monstruos de la preocupación
le persiguen por los pasillos
del colegio.

Los dichosos monstruos son cada vez más chillones y espantosos y Jack lo pasa FataL. Esa noche, apenas duerme.

A la mañana siguiente Jack se levanta con un fuerte dolor de tripa. Se encuentra tan mal que no quiere ir a clase.

Le gustaría contarle a su madre lo del examen, pero teme que Se enfade con él.

Jack va hacia el colegio
acompañado de Billie
y de la madre de su amiga.
Está tan PREOCUPADO que no
abre la boca en todo el camino.

—¿Te pasa algo, Jack? —le
pregunta Billie.

—No —responde él, negando
con la cabeza.

—¿Seguro?

—Estoy bien… —responde,
ENFADADO. Ojalá Billie no
insistiese tanto.

A Jack cada vez le duele
más la tripa, hasta que
finalmente, en clase,
le susurra a su amiga:

—No me encuentro
bien, Billie.

Ella levanta la mano
y le dice a la profesora:

—Señorita Walton, Jack
no se siente bien.
¿Me lo puedo llevar
a la enfermería?

—Es cierto, Jack, estás
un poco pálido —responde
la señorita Walton—. Billie
te acompañará a la enfermería,
¿vale? Yo, mientras tanto,
llamaré a tus padres.
Te vas a perder el examen
de ortografía, pero podrás
hacerlo mañana, cuando
vuelvas
a clase.

Jack se tumba en la camilla de la enfermería a esperar a sus padres. Billie se queda con él. Al cabo de un rato, Jack le pregunta:

—¿Puedo decirte algo?

—Pues claro —responde Billie—. ¿El qué?

—No he estudiado las palabras para el examen de ortografía. Y no sé qué decirles a mis padres.

—Pues diles la verdad, sin más —replica Billie.

—¿Tú crees? Uf, me encuentro fatal —dice Jack, recostándose de nuevo en la camilla.

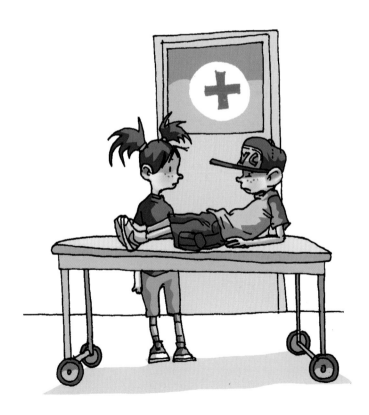

Mira el techo y ve dibujos
que le recuerdan a los
monstruos de la preocupación.
Cierra los ojos: ojalá así
consiga que se vayan.

Capítulo 3

Una vez en casa, Jack sube
a su cuarto, se pone
su camiseta favorita,
para intentar sentirse mejor,
y se sienta en la cama.
Su padre le lleva un vaso
de leche caliente y se sienta
con él.

—Bueno, ¿me vas a decir
qué te pasa? —le pregunta
a Jack con cariño.

Él desvía la mirada y contesta:

—Hoy tenía un examen de ortografía, pero se me ha olvidado estudiar.

—¿Seguro que se te ha olvidado? —dice su padre arqueando las cejas y SONRIENDO.

—La ortografía se me da muy mal, papá —confiesa Jack en voz baja.

—Eso no es propio de ti, Jack —replica su padre, abRaZÁNDOLe—. ¿Qué te parece si estudiamos juntos? Tarde o temprano tendrás que volver al cole y el examen de ortografía seguirá ahí.

Jack se levanta de la cama.
Saca el papel ARRUGADO
de su mochila y se lo entrega
a su padre.

Su padre lo lee.

—Humm. Sí, hay algunas
palabras difíciles…
—comenta—. Pero ¡tengo
una idea! ¿Me ayudas
a cocinar?

Jack se queda
muy SORPRENDIDO.

—Pensé que íbamos a practicar
ortografía —dice.

—¡Y vamos a practicar,
tú no te preocupes! —exclama
su padre.

Jack sigue a su padre hasta la
cocina con cara de extrañeza.

—Bueno, vamos a hacer
un menú ortográfico
—le explica su padre—.
De primero, sopa de letras.
Luego, lentejas y pasta.
Y de postre, migas de galleta.
Vamos a practicar
las palabras del examen,
y cuando nos las sepamos,
nos las comeremos.

Jack se echa a reír.
¡Eso promete ser DIVERTIDO!

CAPÍTULO 4

Hasta la hora de comer, Jack
y su padre escriben palabras
con trocitos de galleta
o de fruta, macarrones,
lentejas e incluso pedazos
de hilo.

Luego, después de cocinar
y comer, empiezan
a practicar con lápiz y papel.

¡Jack se aprende
perfectamente todas
las palabras de
la lista, que ahora
hasta le saben ricas!

Esa noche Jack espera
tumbado en la cama a que
aparezcan los monstruos
de la preocupación.

Cuando llegan, está
PREPARADO. Se siente
como un caballero medieval,
capaz de luchar
contra dragones,
monstruos ¡y hasta letras!

—¡Fuera de aquí! —les ordena,
haciéndoles retroceder con
su espada de madera—.

¡He estudiado las palabras del examen! ¡No cometeré ni una falta!

Los monstruos de la preocupación desaparecen inmediatamente con CARA DE SUSTO.

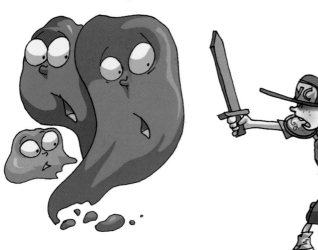

Jack sabe que algún día volverán. Pero también que no debe tenerles MIEDO nunca más.

Al día siguiente Jack se levanta con muchas ganas de ir al cole. Cuando por fin hace el examen, la señorita Walton se pone MUY CONTENTA con el resultado.

—Madre mía, Jack, cuánto has mejorado. ¡ENHORABUENA!

—¡Hala, Jack, menuda notaza! ¡No has fallado ninguna palabra! —exclama Billie cuando ve el examen de Jack—. ¿Cómo has conseguido acordarte de cómo se escriben todas esas palabras? Yo fallé bastantes…

Entonces Jack SONRíE
DE OREJA a OREJA y
le susurra a su mejor amiga:

—No te preocupes,
compartiré contigo
el truquito que me ha
enseñado mi padre.
¡Eso sí, espero que
te guste la sopa de letras!

LAS AVENTURAS DE BILLIE B. BROWN Y JACK

EL MEJOR EQUIPO

Capítulo 1

Este es Jack, el mejor amigo de Billie B. Brown.

Hoy está de mal humor porque la señorita Walton le ha emparejado con Alex.

Pero Jack suele trabajar con Billie, y claro, NO LE HACE GRACIA cambiar de compañero de equipo.

—¿Por qué tengo que sentarme con Alex? —le pregunta a su profesora—. ¿No puedo sentarme con Billie?

—Hoy no, Jack —responde la mujer—. Creo que tú y Alex haréis un buen equipo.

Jack suspira y le dedica a Billie un saludillo triste. Ella se lo devuelve, aPeNaDa también.

Es la Semana de las Matemáticas y la clase de Jack va a hacer una competición.

El equipo que gane conseguirá un juego de pegatinas que brillan en la oscuridad. A Jack le encantan esas pegatinas, así que quiere GANAR. POR ESO SE toma la COMPETICIÓN MUY EN SERIO.

Jack y Alex empiezan a hacer el primer ejercicio. Es un juego de sumas y restas.

Jack y Alex calculan los resultados cada uno por su lado, en silencio.

Pero Alex siempre es más rápido y anota las respuestas antes de que Jack tenga la menor oportunidad de hacerlo.

—Eh, déjame escribir algún resultado a mí —dice Jack, molesto.

—Vale, pues venga, apunta tú la siguiente —responde Alex.

Jack echa
un vistazo al problema
de matemáticas. Es
bastante COMPLICADO.
No está seguro de si tiene
que quitar o añadir.

Empieza a escribir
una respuesta y entonces
Alex exclama:

—¡Eso no es correcto!

Y le quita el lápiz
a Jack.

—¡Oye, que no he terminado!
—grita Jack, y le ARREbata
el lápiz a su compañero.

—Pero ¡si no sabes hacer
el ejercicio! —chilla Alex.

Jack nota que
ESTÁ ENFADADÍSIMO
y le entran ganas de tirar
el lápiz al suelo.

¡Desde luego, la señorita
Walton tenía que haberle
dejado trabajar con Billie!

Capítulo 2

—¡Chicos! —dice de pronto
la señorita Walton,
acercándose a ellos—.
¿Qué os pasa?

—Alex no me deja escribir
el resultado de ninguno de
los ejercicios —protesta Jack.

—¡Es que los está haciendo
mal! —replica Alex.

—Chicos, si no trabajáis
en equipo, perderéis puntos;
hay que aprender a colaborar
—les advierte la profesora,
y se aleja de ellos muy seria.

Jack mira a Alex con el ceño fruncido. No le gusta nada meterse en líos, y menos cuando no es por su culpa. ¡Qué mala suerte estar con Alex!

Alex mira a Jack con cara de malas pulgas y le pasa una goma de borrar.

—Mira, es como el ejercicio de arriba —dice, todavía de mal humor.

Jack hace
el problema de nuevo
y apunta la respuesta.
Alex asiente y SONRíe.

Al final de la clase,
la señorita Walton recoge
los ejercicios y lee en voz
alta las respuestas.

Jack y Alex solo se han
equivocado en dos. Una
respuesta equivocada
era de Jack, y la otra,
de Alex.

¡El equipo de Jack y Alex
va el PRIMERO! ¡El de Billie
y Mika, el segundo!

Jack y Alex sonríen,
se miran y, de repente,
CHOCAN LOS CINCO.

«Quizás hacer equipo con Alex
no sea tan malo», piensa Jack.

Capítulo 3

En la siguiente clase de matemáticas, Jack se sienta junto a Alex otra vez. Hoy toca divisiones.

Jack frunce el ceño. Las divisiones son DiFíCiLeS. Nunca se acuerda de dónde poner los números.

Jack ve a Alex resolver el primer problema. Entonces Alex le pasa el lápiz.

—A mí no se me dan muy bien las divisiones —dice Jack con timidez—. ¿Qué tal si las haces tú?

Alex niega con la cabeza
y contesta amablemente:

—¿Recuerdas lo que ha
dicho la señorita Walton?
Tenemos que hacerlas juntos
o perderemos puntos.
Mira cómo las hago. Es fácil,
ya verás.

Jack observa cómo Alex hace
la siguiente división. «Humm
—piensa—. No parece que sea
demasiado complicado».

—Vale, lo voy a intentar
—dice, y copia lo que Alex
ha hecho.

1 2 3 4 5 6 7

—¡Sí! —exclama Alex—.
¡Lo has pillado!

10

Jack SONRÍE DE OREJA
A OREJA y le devuelve
el lápiz a Alex.

1 2

Los dos niños se van
turnando hasta acabar todas
las divisiones del ejercicio.

Si Jack se queda atascaDo,
Alex le muestra dónde
van los números.
Así acaban
enseguida.

8 9

La señorita Walton lee
las respuestas en voz alta:
hoy Jack y Alex solo han
tenido dos respuestas mal,
igual que el equipo de Billie
y Mika. Pero ¡Jack y Alex
siguen en cabeza!

Durante toda la semana,
los dos TRabaJaN JUNtoS
en los ejercicios de mates
que les ponen.

¡Al final de la semana
su equipo lleva diez puntos
de ventaja! Jack se siente
muy ORgULLOSO.

—¡Yupi! —exclama Jack, que se acerca corriendo a Billie cuando suena el timbre. ¡Vamos ganando! ¡Vamos ganando! —canturrea.

Billie frunce el ceño.

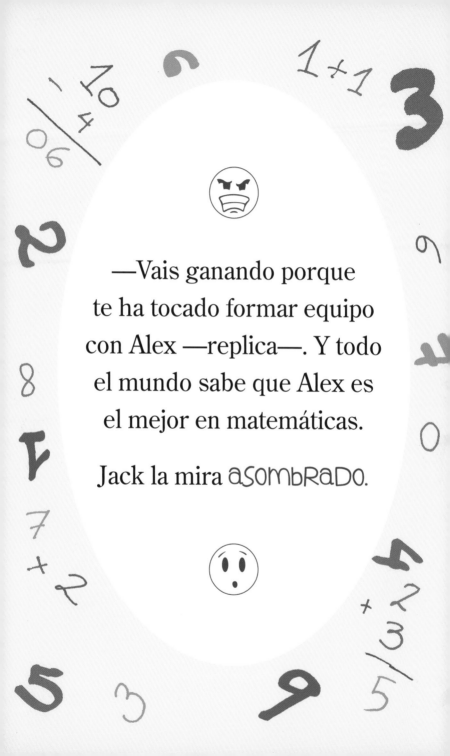

—Vais ganando porque te ha tocado formar equipo con Alex —replica—. Y todo el mundo sabe que Alex es el mejor en matemáticas.

Jack la mira ASOMBRADO.

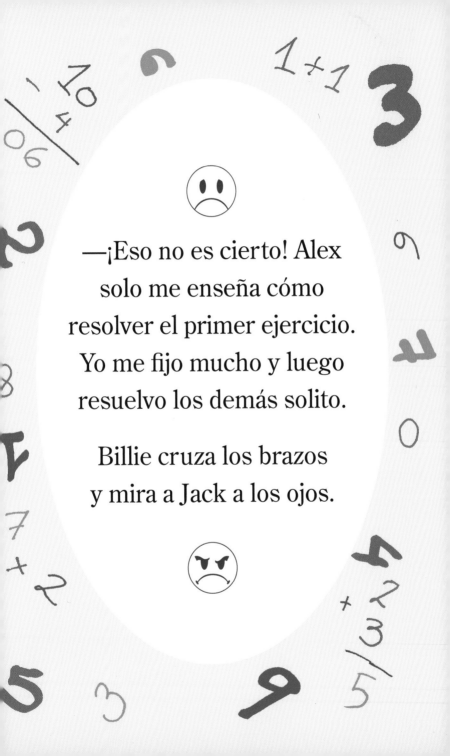

—¡Eso no es cierto! Alex
solo me enseña cómo
resolver el primer ejercicio.
Yo me fijo mucho y luego
resuelvo los demás solito.

Billie cruza los brazos
y mira a Jack a los ojos.

—¡Pues también debes de estar fijándote mucho en cómo ser un presumido! —resopla Billie, y se marcha del aula en dirección al patio.

A Jack LE SieNta FataL que Billie esté tan enfadada con él. Entonces frunce el ceño y piensa: «¡Lo que pasa es que está celosa porque vamos ganando!».

CAPÍTULO 4

Hoy termina la Semana de las Matemáticas y la señorita Walton reparte las hojas de los últimos ejercicios.

«¡Oh, no! —piensa Jack—. ¡Multiplicaciones! ¡Uf, esto va a acabar fatal!».

Jack siente como si los números le persiguieran con colmillos afilados.

Jack observa cómo
su compañero hace el primer
problema. Luego Alex le pasa
el lápiz.

—Estos no sé hacerlos
—susurra Jack—. Hazlos tú,
por favor.

—La señorita Walton insistió
en que trabajáramos juntos,
¿no lo recuerdas? —replica
Alex.

Jack se pone colorado como
un tomate. Empuja la hoja
hacia Alex y le dice:

—¡No! Si los hago
yo, PERDEREMOS.
Venga, hazlos tú, Alex.
¡Se nos va el tiempo!

Pero Alex no da su brazo
a torcer y le devuelve
la hoja a Jack.

Él frunce el ceño. Mira
los problemas, aunque
no sabe resolverlos.

Son demasiado
difíciles. Y él es
un cero a la izquierda
multiplicando.

Rápidamente escribe
la mitad de las respuestas
lo mejor que puede.
Alex, por su parte,
completa el resto.

—¡Niños, se acabó el tiempo!
—exclama de pronto
la señorita Walton—.
Entregadme las hojas,
por favor.

Se oyen murmullos de protesta
por toda el aula.

La profesora se pasea entre
los pupitres recogiendo
los ejercicios. Luego se acerca
a su mesa, lee las respuestas
en voz alta y las apunta en
la pizarra.

Alex solo ha tenido dos
respuestas mal, pero Jack
solo ha respondido bien a dos.

El pobre Jack agacha
la cabeza y piensa que Alex y
él han perdido la competición.

—Lo siento, Alex
—se disculpa Jack—.
Has perdido por
mi culpa.

—¡Da igual, no
te preocupes, Jack!
—replica Alex—.
¡GANAR NO ES
LO MÁS IMPORTANTE!
Me lo he pasado muy
bien trabajando contigo.

—¿De verdad?

—¡Pues claro!

Alex sonríe y Jack
SE SIENTE MUY
BIEN por dentro.

—¡Hemos ganado! ¡Hemos ganado! —canturrean Billie y Mika, supercontentas, lanzando los brazos hacia arriba.

Billie le hace a Jack una mueca divertida.

Jack ríe y Billie se echa a reír también.

—Esperad un momentito
—dice la señorita Walton—.
No corráis tanto. La Semana
de las Matemáticas no solo
consistía en hacer ejercicios,
sino en trabajar en equipo.
Jack, Alex, ¿recordáis que
os dije que os quitaría puntos
si no trabajabais juntos?

Jack y Alex asienten
y la profesora continúa:

—Bueno, pues creo que
vosotros dos habéis hecho
un buen equipo. Así que voy
a concederos diez puntos más.

Jack mira la hoja
que tiene delante.
Es una suma sencilla:
rápidamente, añade
diez puntos al total.

Y el resultado es que
su equipo ha obtenido
la misma cantidad de puntos
que el de Billie y Mika.
¡Han empatado!

¡Jack y Alex dan
SALTOS DE
ALEGRÍA!

La señorita Walton sonríe
y le entrega un paquete de
pegatinas al equipo de Billie
y otro al de Jack.

Cuando terminan las clases,
Billie y Jack vuelven a casa
juntos.

Billie está feliz. SONRÍE
y pasa un brazo por el hombro
de Jack.

—Estoy muy contenta de que
hayamos empatado —dice.

—Yo también. Y además
estoy CONTENTO de haber
podido CONOCER MEJOR
A ALEX —replica Jack—.
Aunque estoy aún más feliz
de que tú y yo seamos AMIGOS
DE NUEVO.

LAS AVENTURAS DE BILLIE B. BROWN Y JACK

☺ ÍNDICE ☺

TÍTULOS DE LA COLECCIÓN